4 mai 1896

Collection de M. X***

TABLEAUX

MODERNES

ŒUVRES IMPORTANTES

DE

COROT, MEISSONIER, TROYON

OBJETS D'ART & D'AMEUBLEMENT

BRONZES DE BARYE

TAPISSERIES ANCIENNES

TAPIS

Mᵉ H. SANONER	M. A. BLOCHE
Commissaire-Priseur	*Expert*
27, rue de Châteaudun, 27	28, rue de Châteaudun, 28

IMPRIMERIE ARTISTIQUE

E. MÉNARD & Cie

Bureaux et Ateliers : PARIS — 8, RUE MILTON

CATALOGUE

DES

TABLEAUX MODERNES

parmi lesquels des œuvres importantes

DE COROT, MEISSONIER, CONSTANT TROYON

Bronzes de Barye et de Frémiet

OBJETS D'ART ET D'AMEUBLEMENT

de Henry DASSON, ALAVOINE

Commode Louis XV en laque de Coromandel

MEUBLES DE SALONS EN TAPISSERIE ET EN VELOURS DE GÊNES

TAPISSERIES ANCIENNES

TAPIS DE LA SAVONNERIE ET D'ORIENT

Provenant des collections Goldschmidt. Etienne Fould, Denain

APPARTENANT A M. X...

ET DONT LA VENTE AURA LIEU

HOTEL DROUOT, SALLES Nos 7 & 8

Le Lundi 4 Mai 1896, à 2 heures 1/4

Me HENRI SANONER
Commissaire-Priseur
27, Rue de Châteaudun, 27

M. A. BLOCHE
Expert
28, Rue de Châteaudun, 28

EXPOSITIONS

PARTICULIÈRE
Le Samedi 2 Mai 1896
DE 2 H. A 6 H.

PUBLIQUE
Le Dimanche 3 Mai 1896
DE 1 H. 1/2 A 5 H. 1/2

ENTRÉE RÉSERVÉE PAR LA RUE GRANGE-BATELIÈRE

CONDITIONS DE LA VENTE

La vente sera faite *expressément* au comptant.

Les acquéreurs payeront en sus des adjudications *cinq pour cent.*

L'exposition mettant le public à même de se rendre compte de l'état des objets, il ne sera admis aucune réclamation une fois l'adjudication prononcée.

Paris — Imp. E. Ménard & Cie, 8, rue Milton

DÉSIGNATION

TABLEAUX

CHAPERON

(EUGÈNE)

1 — *Le Maréchal Massena à la bataille de Wagram.*

Le maréchal fut assez grièvement blessé pour ne plus pouvoir se tenir en selle et fit alors preuve d'une grande force d'âme, car malgré les vives souffrances qu'il éprouvait il voulu conserver son commandement. il fut convenu qu'il irait sur le champ de bataille dans sa calèche découverte ayant auprès de lui son chirurgien, le docteur Brisset. Les ennemis en apercevant au milieu de la bataille cette voiture attelée de quatre chevaux blancs, comprirent qu'elle ne pouvait être occupée que par un personnage fort important, ils dirigèrent donc sur elle une grêle de boulets, le maréchal et ceux qui l'entouraient coururent les plus grands dangers. (Mémoires du général de Marbot.

Signé à droite.

Haut. 1m85; larg. 2m35.

COROT

2 — *L'Enfant pêcheur.*

Précieux tableau du maître.
Toile.

Haut. 0m32; larg. 0m52.

GIRARDET

(JULES)

3 — *Bonaparte reçu par les Religieux du mont St-Bernard.*

Passage des Alpes, mai 1800.
Signé à droite.
Toile.

Haut. 1m25; larg. 1m85.

KRATKÉ

(L.)

4 — *Napoléon et son état-major se chauffant chez une paysanne.*

Signé et daté 1894.
Toile.

Haut. 0m48; larg. 0m65.

LEGRAND

(RENÉ)

5 — *La Meute.*

Signé à droite.

Bois.

Haut. 0m12; larg. 0m10.

MEISSONIER

(ERNEST)

6 — *Le Docteur.*

Il est tout habillé de noir, coiffé d'un tricorne, assis dans un grand fauteuil en tapisserie, il regarde de trois quarts tenant sur ses jambes croisées un livre ouvert. D'autres vieux ouvrages sont épars sur une table et à ses pieds.

Œuvre intéressante.

Signé en bas, à gauche.

Provient de la collection Goldschmidt.

Toile.

Haut. 0m21; larg. 0m15.

MEISSONIER

(ERNEST)

7 — *Charles Ier.*

Représenté à cheval.
Signé.
Bois.

Haut. 0m19; larg. 215m .

MEISSONIER

(ERNEST)

8 — *Le Dante.*

Signé.
Bois.

Haut. 0m28; larg. 0m16.

SWEBACH

9-10 — *Une halte de chasse, et une scène de courses.*

Deux jolis petits tableaux se faisant pendant.
Proviennent de la collection Étienne Fould.
Signés.
Bois.

Haut. 0m21 ; larg. 0m30.

SWEBACH

11 — *Avant le départ pour la chasse.*

Signé à gauche et daté 1819.
Provient de la collection Étienne [illegible].
Toile.

Haut. [illegible]; larg. 0[illegible]30.

TROYON

(CONSTANT)

12 — *Pâturages sur les bords de la Toucques.*

Très beau tableau du maître.
Bois.

Haut. 0 64; larg. [illegible]

ÉCOLE FRANÇAISE

13 — *Les Champs-Élysées pendant l'Invasion en 1815.*

Pièce en couleur.

ÉCOLE FRANÇAISE XVIIIe SIÈCLE

14 — *La Visite matinale de la modiste.*

Dessin et gouache.

ÉCOLE FRANÇAISE XVIIIe SIÈCLE

15 — *La Causerie au métier.*

Gouache.

BRONZES D'ART

16 — *Chasse au Lion.*

Deux cavaliers arabes attaquant un lion. Bronze à patine brune, par Barye.

Signé.

Sur socle en marbre noir.

Haut. sans socle 0^m36 ; larg. 0^m38.

17 — *Le Général Bonaparte.*

Statuette équestre, bronze à patine verte, de Barye.

Signée.

Haut. 0^m36 ; larg. 0^m2[illegible].

18 — *Junon nue assise, le paon auprès d'elle.*

Statuette en bronze à patine verte, de Barye.
Signée.

Haut. 0m28.

19 — *Les Trois Grâces debout, se tenant enlacées.*

Bronze à patine verte; du milieu du groupe s'élève une tige supportant un brûle-parfums couvert, en bronze doré.
Signé : Barye.
Socle en marbre rouge griotte et bronze doré.

Haut. 0m36.

20 — *Cheval attaqué par un lion.*

Groupe en bronze à patine verte, de Barye.
Signé.

Haut. 0m40 ; larg. 0m39.

21 — *Saint-Georges combattant le dragon.*

Groupe en bronze, patine dorée de E. Fremiet.
Signé.

Haut. 0m47 ; larg. 0m34.

BRONZES

D'AMEUBLEMENT

22 — Paire de jolis petits candélabres formés de groupes allégoriques en vieux Saxe : Thésée et Cerbère, en costumes asiatiques abrités sous des arbres avec branchages et fleurs en porcelaine de Sèvres, terrassements à rocailles en bronze doré. Style Louis XV.

Proviennent de la collection DESAIN.

23 — Belle garniture de cheminée en bronze, parties dorées finement ciselées, style Louis XVI, de Henry Dasson. La pendule représente deux figures allégoriques aux Sciences et aux Arts, assises au pied d'un vase décoré de feuillages avec anses à anneaux mobiles sur socle à rosaces quadrillées

et contresocle à fortes moulures saillantes. Les candélabres sont formés de vases offrant en bas-relief des bachanales d'enfants et de petits faunes, avec bouquets de lys à sept lumières pour l'électricité.

24 — Petit cartel en bronze doré orné de guirlandes de lauriers. Époque Louis XVI, cadran signé Lepaute.

25 — Deux appliques à deux lumières, en bronze doré à thyrses enguirlandés de lierre, bras à feuillage, style Louis XVI.

26 — Jolie pendule au sphinx tenant le mouvement, bronze doré et à patine foncée, cadran signé : Ravrio, *bronzier à Paris. Mesnil, horloger*. Époque Ier Empire.

27 — Deux candélabres formés par des Ibis en émail cloisonné de Chine, monture en bronze doré avec branche à deux lumières de Barbedienne.

28 — Deux grands chenêts à rocailles en bronze doré. Style Louis XV, avec pelles et pincettes.

29 — Paire de girandoles à deux lumières. Style Louis XV, en bronze doré à rocailles. Travail de Dasson.

30 — Paire de vases du Japon décor bleu, rouge et or, montés en bronze doré à bouquets de lis formant candélabres.

31 — Lustre en bronze garni de cristaux.

MEUBLES

32 — Ameublement de salon en ancienne tapisserie, composé d'un canapé et quatre fauteuils offrant, aux dossiers, des médaillons à animaux dans des paysages encadrés d'ornements, contre-fond rouge, sur les sièges des médaillons à paysages, bois sculptés et dorés Louis XV.

33 — Très belle commode Louis XV, à deux tiroirs forme bombée et à contours en laque de Coromandel représentant sur la façade des personnages dans des jardins et sur les côtés des objets décoratifs, richement garnie de bronzes à fleurs et rocailles, dessus en marbre brèche d'Alep. Provient de la vente DENAIN.

34 — Beau lit de milieu en bois sculpté et peint en blanc, dessins à grandes rocailles et guirlandes de fleurs de style Louis XV, de DENIAU, avec ciel de lit.

35 — Jolie console en bois sculpté et doré, pieds à croisillon ornés de mascarons et de feuillages, enroulés, bandeau à lambrequins avec motifs à masques de femmes et ornements à jour, dessus en marbre rosé veiné. Style Louis XIV, d'Alavoine.

36 — Bel ameublement de salon, composé de deux canapés et quatre fauteuils en bois finement sculpté et doré à fleurs et rocailles, couverts en velours de Gênes, dessins à médaillons d'oiseaux et de fleurs sur fond à ramages, pointillé et cannetillé.- Style Louis XV, d'Alavoine.

37 — Deux grands fauteuils en bois sculpté et doré couverts en velours de Gênes, dessins à parterre de fleurs polychrome sur fond maïs, garni de franges de soie. Style Louis XIV, première période, d'Alavoine.

38 — Petit canapé en bois sculpté et doré à fleurs et rocailles couvert en soierie claire brochée à bouquets de fleurs. Style Louis XV, d'Alavoine.

39 — Bergère en noyer sculpté à fleurs et enroulements, parties relevée d'or avec coussin, couverte et gainée, en soie blanche brochée à corbeilles fleurie et gerbes, or et polychrome. Style Louis XV, d'Alavoine.

40 — Marquise en bois sculpté et doré à coquilles, fleurs et rocailles couverte en soierie blanche brochée à entrelacs fleuris. Style Louis XV, d'ALAVOINE.

41 — Quatre chaises en bois sculpté et doré, dessin à fleurs et rocailles, couvertes en soierie bleue pâle brochée à fleurs polychromes, d'ALAVOINE.

42 Table de milieu en bois finement sculpté et doré dessin à coquilles ajourées, gerbes et fleurs, dessus en marbre brèche violette. Style Louis XV, d'ALAVOINE.

43 — Table de salle à manger en noyer sculpté, pieds à croisillon, style Louis XV, d'ALAVOINE.

44 — Seize chaises en noyer sculpté couvertes en damas de soie rouge. Style Louis XV, d'ALAVOINE.

MARBRES

45 — Très belle cheminée en marbre rouge griotte, garnie de bronzes ciselés et dorés, bandeau à ornements, montants à cariatides de femmes en bronze patine verte sur gaine dorée, style Louis XVI. Travail de Henry DASSON.

46 — Grande statue en marbre blanc représentant Ganymède, sur socle en pierre.

Haut. de la statue 1m70; haut. totale 2m[illegible].

TAPISSERIES

47 — Deux très belles tapisseries de la manufacture royale des Gobelins du XVIIIe siècle, représentant l'une l'Enlèvement de la belle Europe, l'autre un dieu de l'Olympe sous les traits d'un triton exprimant son admiration à une jolie nymphe assise sur un rocher ayant près d'elle l'amour qui vise le triton.

48 — Deux belles tapisseries de Bruxelles du XVIIe siècle représentant les Armes du Portugal avec guerriers de chaque côté et Amours tenant des guirlandes de fleurs et écusson aux armes de la ville de Lisbonne.

49 — Trois tapisseries verdures, paysages boisés et accidentés, dont une animée de personnages conduisant un troupeau de bœufs et des chevaux. Jolie bordure à guirlande de fleurs de toutes espèces et perroquets. XVIIIe siècle.

50-51 — Deux tapisseries du XVIe siècle représentant des scènes de l'histoire ancienne avec larges et belles bordures à figures d'enfants, satyres, oiseaux, petits médaillons à paysages et guirlandes de fruits.

52 — Tapisserie dite verdure, paysage boisé et accidenté avec vue de châteaux, large bordure à fleurs, draperies et médaillons.

53 — Tapisserie du XVIIe siècle représentant le char de Pomone, précédé des amours, suivi de ses servantes, bordure à vases et fleurs.

54-55 — Deux grandes tapisseries du XVIe siècle représentant la Ronde à la Kermesse et les travaux champêtres. Larges bordures offrant des nymphes et des enfants au milieu d'arabesques de fleurs animées d'oiseaux.

56 — Tapisserie du XVIIIe siècle représentant un personnage tirant à l'arc dans un riant paysage avec rivière animée de canards. Bordures à guirlandes de fleurs et de fruits.

57 — Tapisserie du XVIIe siècle représentant de nombreux personnages autour d'une reine. Bordure à trophées guerriers, cornes d'abondance et guirlandes de fleurs.

58 — Tapisserie du XVIIe siècle représentant des guerriers portant des étendards, bordures à fleurs et rosaces.

59 — Tapisserie du XVIe siècle représentant des chevaux, dragons et autres animaux dans de grands feuillages, bordures à fleurs et fruits.

TENTURES

60 — Deux décors de croisées en velours de Gènes rouge, dessins à fleurs avec lambrequins.

61 — Deux décors de baies analogues.

62 — Deux décors de croisées en brocatelle verte et lambrequins.

63 — Deux décors de baies analogue.

64 — Huit rideaux en étoffe rouge.

65 — Quatre rideaux et lambrequins en velvet rouge avec applications vieux vert.

66 — Décor de chambre à coucher en étoffe de soie fond blanc.

67 — Tenture murale en cachemire bleue.

68 — Décoration de chambre à coucher en damas de soie fond bleu à rayures.

69 — Deux rideaux en velours gris bleu.

70 — Tenture murale en étoffe verte.

71 — Deux rideaux en satin grenat.

72 — Deux rideaux en étoffe genre tapisserie.

73 — Quatre rideaux en satin grenat à fleurs.

74 — Décoration de chambre à coucher en faille crème brodée.

75 — Deux rideaux en velours bleu.

TAPIS

76 — Belle carpette de Smyrne, fond bleu clair, bordure rouge.

77 — Carpette de Smyrne fond vert.

78 — Tapis long d'Orient fond bleu, dessin polychrome.

79-80 — Deux carpettes persanes fond bleu.

81 — Tapis d'Orient, décor polychrome.

82-83 — Trois tapis de la Savonnerie rouge.

84-102 — Nombreux et beaux tapis en moquette rouge et bleue pour salon, salle à manger, chambres à coucher, boudoir, antichambre, vestibule, etc.

RED. :

20

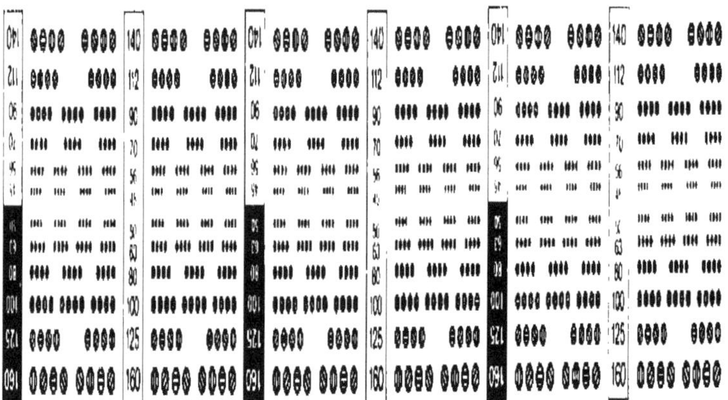

www.ingramcontent.com/pod-product-compliance
Ingram Content Group UK Ltd.
Pitfield, Milton Keynes, MK11 3LW, UK
UKHW022143260726
13993UKWH00005B/2119